Albert Lortzing

Die Opernprobe

Komische Oper in einem Akt

Albert Lortzing

Die Opernprobe
Komische Oper in einem Akt

ISBN/EAN: 9783743699403

Hergestellt in Europa, USA, Kanada, Australien, Japan

Cover: Foto ©Andreas Hilbeck / pixelio.de

Weitere Bücher finden Sie auf **www.hansebooks.com**

A. LORTZING

DIE OPERNPROBE

Komische Oper in einem Akt
Text frei nach Joh. Friedrich Jünger

Klavierauszug mit Gesang
von
Richard Kleinmichel

Der Graf	*Bass.*
Die Gräfin	*Mezzosopran.*
Louise, ihre Tochter	*Sopran.*
Hannchen, Louisens Kammermädchen	*Sopran.*
Der alte Baron von Reinthal	*Bass.*
Der junge Baron Adolph von Reinthal	*Tenor.*
Johann, dessen Diener	*Bariton.*
Martin Christoph } Diener des Grafen	*Bass.*

Männliche und weibliche Dienerschaft.
Die Handlung spielt auf dem Schlosse des Grafen.

Ouvertüre. .... *Pag.* 3
N⁰ 1. Introduction. (Hannchen, Chor.) „Diesen Tact stark angeschlagen". .... " 8
N⁰ 2. Duett. (Adolph, Johann.) „Komm', folge mir." .... " 15
N⁰ 3. Arie. (Hannchen.) „Es ist um die Bestimmung". .... " 23
N⁰ 4. Recitativ. (Graf, Christoph.) „Hier in der Halle". .... " 30
N⁰ 5. Sextett. (Hannchen, Louise, Gräfin, Adolph, Johann, Graf.) „Wir stell'n uns dem Herrn Grafen vor". .... " 32
N⁰ 6. Cavatine. (Adolph.) „Ob ich dich liebe, frägst du mich?" .... " 45
N⁰ 7. Recitativ. (Adolph, Johann.) „Ja, Freund Pedrillo, ich habe sie gesehen." .. " 49
N⁰ 8. Recitativ. (Hannchen, Louise, Gräfin, Adolph, Johann, Graf.) „Auf Wiedersehen!" " 51
N⁰ 9. Duett. (Hannchen, Johann.) „Ich bin ein Mann!" .... " 52
N⁰ 10. Finale. „Dass man unsern Eifer lobe." .... " 63

Die Opernprobe

Ouvertüre.

Albert Lortzing

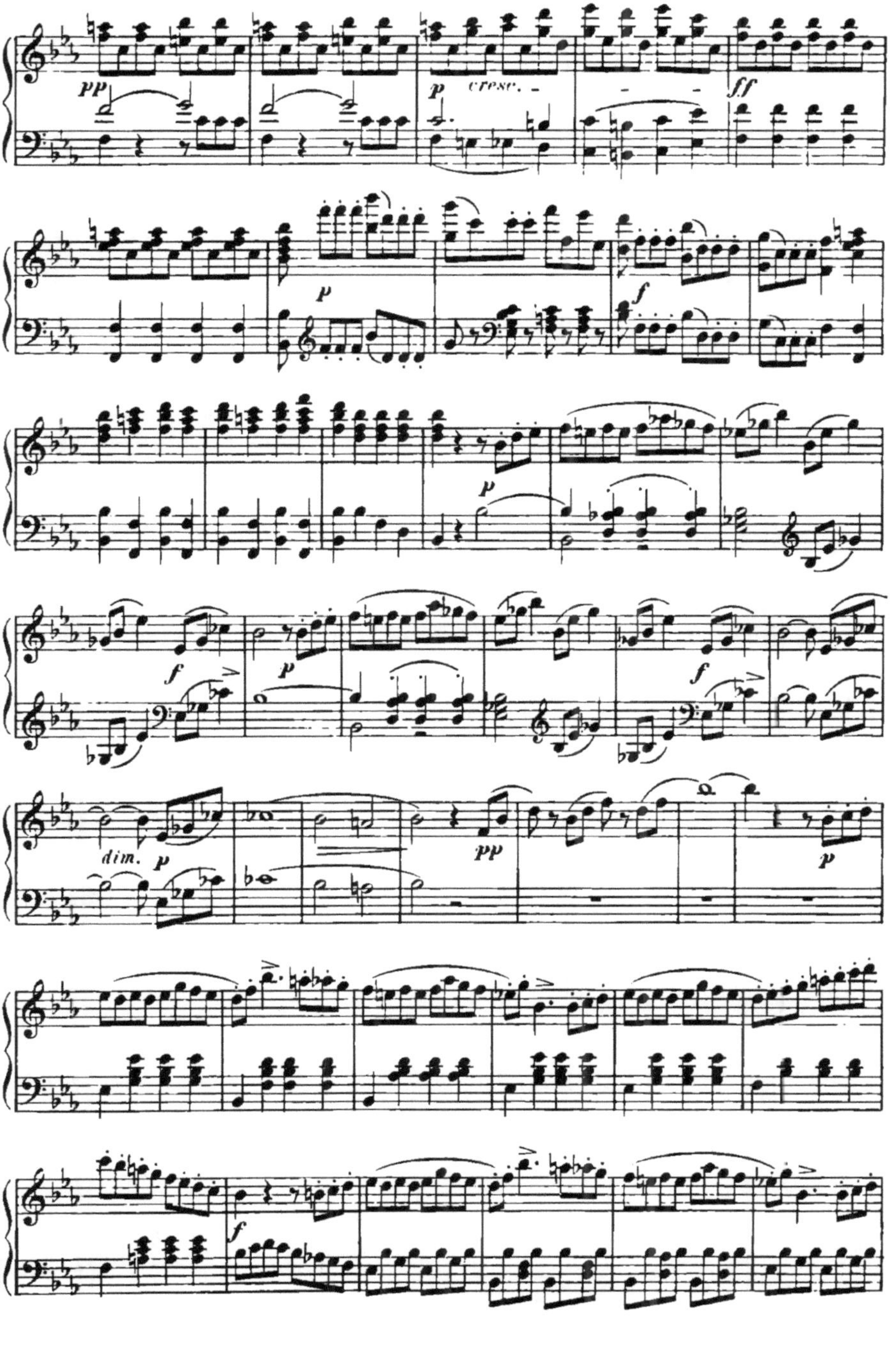
pp
p cresc.
ff
p
f
p
f
p
f
dim. p
pp
p
f

Ein Salon mit offener Aussicht in den Garten.

Erste Scene.

Männliche und weibliche Dienerschaft formirt ein Orchester. Alle haben Instrumente in den Händen und vor sich Notenpulte. Hannchen steht in der Mitte und dirigirt.

No 1. Introduction.

Zweite Scene.

Die Vorigen. Martin.

Martin. Die gnädige Herrschaft wird bald ihren Spaziergang antreten.

Hannchen (zum Chor.) Ihr seid entlassen, Lords! Das heisst, in einer Stunde findet Ihr euch Alle zur Hauptprobe ein.

CHOR. (mit den Pulten und Instrumenten abgehend.)

Dritte Scene.
Hannchen. Martin.

Hannchen. Nun, Martin, für's Erste – wie gehts unserm Tenoristen? Kann er morgen singen?
Martin. Ach, keine Idee! Er hat sich gestern beim Heumachen wieder erkältet und kann kein lautes Wort reden.
Hannchen. O weh! Das sind traurige Aussichten für unsere Oper! Nun weiter: hast du meinen Auftrag ausgerichtet?
Martin. Das versteht sich!
Hannchen. Und was hast du erfahren?
Martin. Der Bediente ist ein schmucker Kerl und hat Ducaten in der Tasche!
Hannchen. Aber wer hat denn vom Bedienten etwas wissen wollen. Der Herr – wie sieht denn der Herr in der Nähe aus?
Martin. Der Herr? Der sieht in der Nähe gar nicht aus.
Hannchen. Gar nicht?
Martin. Das will so viel sagen als: ich habe ihn nicht in der Nähe gesehen Aber der Bediente ist ein prächtiger Kerl.
Hannchen. Hast du auch nicht erfahren können, wie er heisst?
Martin. O ja! Sie nennen ihn Mosje Johann.
Hannchen. (ärgerlich.) Einfaltspinsel! Wer fragt denn nach dem Bedienten!
Martin. Ja so, Sie will wissen, wie der Herr heisst? Ja – das weiss ich nicht.
Hannchen. Da hab' ich mich gut adressirt! – Seit einigen Tagen zeigen sich in unserm Parke ein paar fahrende Ritter. Ihre Physionomien scheinen nicht uninteressant; man ist neugierig, man sucht Erkundigungen einzuziehen und sendet deshalb – (zu Martin) aber habe ich dir nicht aufgetragen, den fremden Bedienten ein wenig auszufragen?
Martin. Das that ich auch, aber der Patron war eben so pfiffig als ich und möchte von seinem Herrn wohl den nämlichen Auftrag erhalten haben. Wie ich das merkte, fing ich an, ihn blau anlaufen zu lassen – er sparte vermuthlich das Lügen auch nicht – so haben wir uns denn um die Wette den Buckel vollgelogen!
Hannchen (unwillig). Und das Geld, das ich dir schenkte, ist sonach weggeworfen?
Martin. Bitte um Exküse, den Gulden habe ich noch: denn den Wein, den wir tranken, hat der Mosje Johann zum Besten gegeben. Ich habe also für meine Nachrichten gerade so viel ausgegeben, als sie werth sind, nämlich –
Hannchen (einfallend) Nichts!
Martin. Richtig, nichts. Nun, wenn Sie wieder einen Spion für einen Gulden braucht – ich stehe zu Diensten. (Im Abgehen.) Der Bediente ist ein herrlicher Kerl! ein ganz famoser Kerl! Er hat Ducaten in der Tasche!

Vierte Scene.
Hannchen (allein.)

Hannchen. Also der Bediente hatte Ducaten bei sich! Daraus wäre wenigstens zu schliessen, dass der Herr nicht arm ist. Diese kleine Notiz will ich geschwinde meinem Fräulein – (hinausblickend) aber sehe ich recht, so wandeln unsere irrenden Ritter dort im Garten Kommt nur näher, ihr saubern Vögel; vielleicht lässt sich aus eurem Gesange schliessen, wer ihr seid, denn eure Federn sind sehr alltäglich. (Sie versteckt sich.)

Fünfte Scene.
Baron Adolph von Reinthal und Johann. (Beide in Reisekleidern.)

N.º 2. Duett.

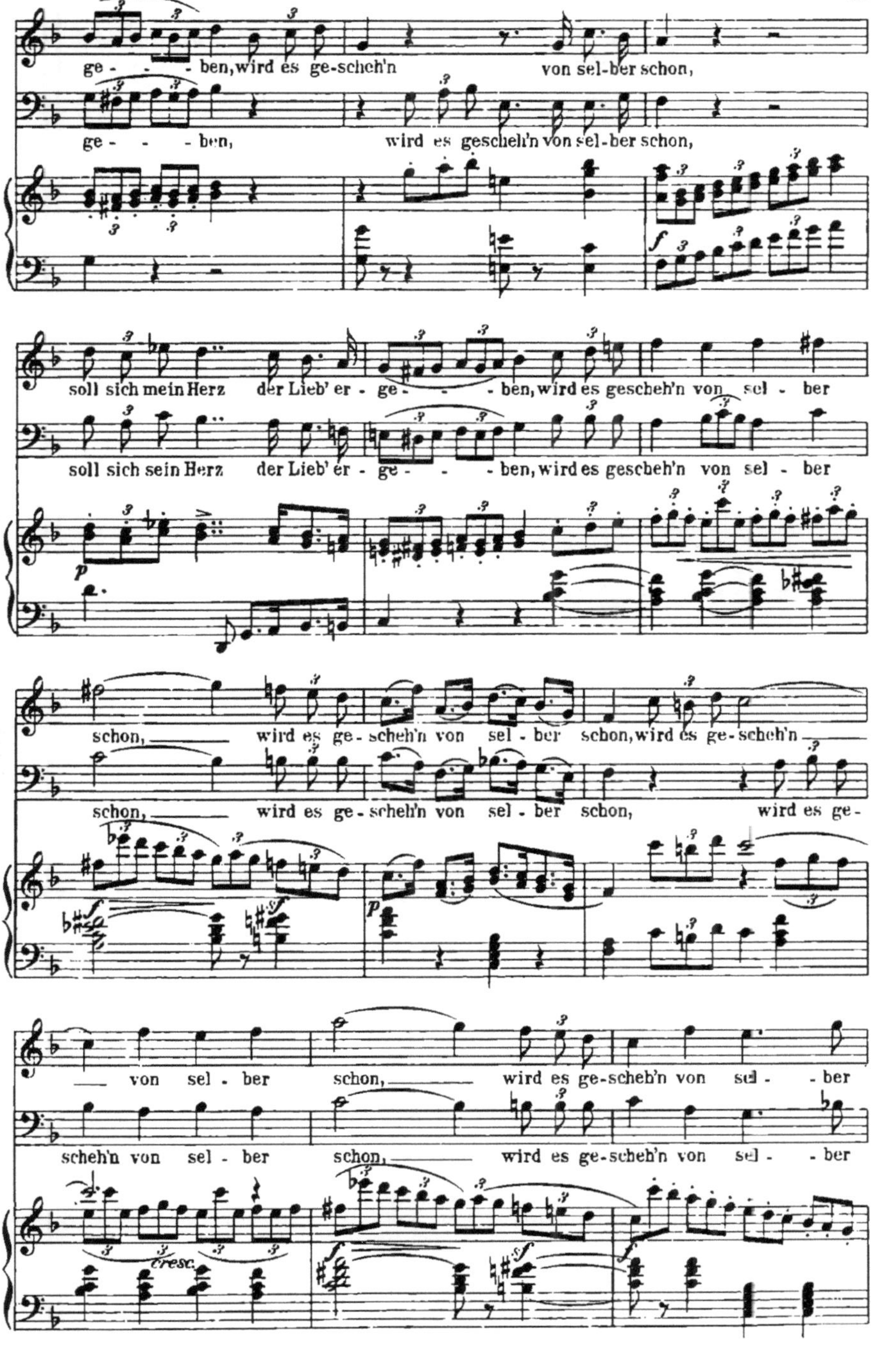
ge - - ben, wird es ge-scheh'n von sel-ber schon,
ge - - ben, wird es gescheh'n von sel-ber schon,
soll sich mein Herz der Lieb' er - ge - - ben, wird es gescheh'n von sel - ber
soll sich sein Herz der Lieb' er - ge - - ben, wird es gescheh'n von sel - ber
schon, wird es ge-scheh'n von sel - ber schon, wird es ge-scheh'n
schon, wird es ge-scheh'n von sel - ber schon, wird es ge-
von sel - ber schon, wird es ge-scheh'n von sel - - ber
scheh'n von sel - ber schon, wird es ge-scheh'n von sel - - ber
cresc.

Johann. Ernsthaft, gnädiger Herr, Ihr Herr Onkel wird diese schnelle Absentirung sehr ungnädig aufgenommen haben.
Adolph. Seine Schuld. Warum hatte er die Caprice, mich *nolens volens* verheirathen zu wollen.
Johann. Ich hätte aber doch wenigstens gefragt, wer meine Zukünftige eigentlich wäre!
Adolph. Hab' ich's denn nicht? Wollte er mir's denn sagen? und was wird's denn am Ende gewesen sein? eine Couvenienz-Heirath, weiter nichts, dafür bedank' ich mich schön. Jetzt aber sage mir, was hast du Näheres über die Herrschaft dieses Schlosses erfahren?
Johann. Also: der Graf und die Gräfin sind schon passabel alt. Das junge Mädchen, das Sie gestern sahen, ist ihre einzige Tochter und wird einmal enorm reich.
Adolph. Bravo! die Eltern alt, die Tochter schön und reich — das passt!
Johann. Der Alte ist ein jovialer Herr und ein wahrer Musiknarr. Seine ganze Dienerschaft, mit der er nur in Recitativen spricht, ist musikalisch und bildet eine complette Capelle, und was das Komischste an der Sache ist: das Kammermädchen, das, beiläufig bemerkt, ganz allerliebst sein soll, dirigirt das Ganze und ist ein Kapellmeister *comme il faut*. In diesen Tagen wird sogar eine Oper aufgeführt, zu welcher unaufhörlich Proben werden. Hörten Sie nicht heute früh die Dudelei? es klang gar nicht so dumm!
Adolph. Höre, Johann, ich habe einen excellenten Einfall!
Johann. Heraus damit!
Adolph. Wie wär's, wenn wir uns für ein paar reisende Sänger ausgäben und um Gastrollen bäten?

Johann. Das wäre gar nicht übel!
Adolph. Du weisst, ich singe gerade nicht schlecht.
Johann. O famos! und ich erst!
Adolph. Na, was dein Singen anbelangt —
Johann. Oho! war ich nicht Chorist bei der grossen Oper? habe ich nicht alle Manoeuvres weg? Meinetwegen seien Sie ausser Sorgen. Ich will mit den Händen und Schultern zappeln wie ein Hampelmann, und brüllen will ich, dass alle Lampengläser platzen sollen.
Adolph. So lass uns keine Zeit verlieren; der Trödeljude in unserm Gasthofe soll uns herausstaffiren. Zum Glück habe ich noch meine Guitarre bei mir. So recht phantastisch gekleidet, die Zither im Arm, werde ich aussehen, wie der — der Dings da — aus der Oper —
Johann. Richtig, und ich wie sein Vertrauter. Also rasch an's Werk. Wir werden mit unsern Talenten Ehre einlegen! (Beide ab.)

Sechste Scene.
Hannchen (allein).

Hannchen. Nun sage mir noch einer, dass Horchen keine schöne Erfindung sei. Also Baron Reinthal ist's, derselbe, den meine Comtesse heirathen soll! Na, die Freude, wenn sie das erfährt, denn etwas Feuer gefangen hat sie ohnehin schon. Ist es nicht köstlich? Dieser Baron will seiner Braut entfliehen und läuft ihr gerade in die Arme. Ich behaupte: Alles in der Welt ist Bestimmung.

N? 3. Arie.

Es ist um die Be-stim-mung ein ei-gen Ding für - wahr;— wie man-che from-me Wün-sche bringt man dem Schicksal dar,— und kaum, dass uns ein Weil-chen der Hoffnung Blume keimt,— ge-stal-tet sich ganz an - ders, was wir gewünscht, ge-

Siebente Scene.

Hannchen. Comtesse Louise.

Louise (eine Singstimme in der Hand.) Gut, dass ich dich treffe, Hannchen. Da quäle ich mich schon den ganzen Morgen und kann die dumme Melodie nicht behalten.
Hannchen. So werde ich gleich mit einer ansprechendern aufwarten. Unsere Ritter waren hier.
Louise (rasch.) Hast du sie gesprochen?
Hannchen. Nein, aber sprechen gehört! Ich nahm mir die unschuldige Freiheit, sie ein wenig zu behorchen.
Louise. Nun geschwind, was hast du gehört?
Hannchen. Allerhand. Der Eine sagte zum Beispiel —
Louise. Welcher Eine?
Hannchen. Nun der, welcher so glücklich war, Ihnen zu gefallen.
Louise. Nun — was sagte der?
Hannchen. Verschiedenerlei! Unter anderm, dass er seine Kleider beim Trödeljuden kaufte —
Louise. Ach geh!— Das ist nicht wahr.
Hannchen. Ich habe es mit meinen eigenen, höchst musikalischen Ohren gehört.
Louise. Ei, da hat er gespasst. Das wäre ja entsetzlich.
Hannchen. Nur, was wäre denn dabei! Wenn man alle Leute verdammen wollte, die sich vom Juden equipiren lassen, dürfte man nicht über die Strasse gehen. Hören Sie, gnädige Comtesse, ich habe ihn mir recht in der Nähe besehen — ein hübscher Mensch ist's. Und singen thut er auch.
Louise. Ach! da würde er ja dem Vater sehr willkommen sein.
Hannchen. Um so mehr, als der Held unserer Oper sich unpässlich melden liess.
Louise. Also ist er ein Opernsänger?
Hannchen. Das möchte ich bezweifeln. Was aber das Sonderbarste an der Sache ist — er heisst Baron Reinthal.
Louise (überrascht.) So heisst ja der, den ich heirathen soll.
Hannchen. Das ist mir auch aufgefallen.
Louise. Wenn er's wäre, Hannchen, wenn er's wäre!
Hannchen. Aber der Trödeljude!
Louise (traurig.) Ach, der verwünschte Trödeljude!
Hannchen. Das Uebrige träfe sonst ziemlich zu.— Er sprach von einem Onkel.—
Louise. Ganz recht. Sein Onkel hat mit meinem Vater die Verbindung verabredet.
Hannchen. Da nun der junge Herr Baron, wie man zu sagen pflegt, die Katze nicht im Sacke kaufen will —
Louise. Bin ich denn eine Katze?
Hannchen. Sprüchwörtlich — so hat er sich aus dem Staube gemacht, um seiner anonymen Braut aus dem Wege zu gehen.
Louise. Hannchen, er ist's, es ist mein Bräutigam. Ich verwette mein Leben.
Hannchen. Ich auch, ich auch. Weil er nun erfahren, dass der gnädige Papa ein grosser Opern-Liebhaber ist, so wollen sich Herr und Diener für herumreisende Sänger ausgeben. Zu diesem Zweck wurden Kleider —
Louise. Beim Trödeljuden gekauft. Nun bin ich aufgeklärt. Diese frohe Nachricht will ich sogleich dem Papa —
Hannchen. Behüte! Da wäre ja der ganze Spass verdorben!
Louise. Ja — wie meinst du denn?
Hannchen. Das will ich Ihnen sogleich mittheilen — dort kommt aber der Herr Papa.
Louise. Ach Gott, wenn er mich mit der Stimme in der Hand sieht, muss ich ihm die ganze Partie vorsingen!
Hannchen. So entfernen wir uns! Damit er aber sieht, dass wir fleissig sind — bitte um die Partie. (Sie nimmt Louisen die Noten aus der Hand und beide gehen, mit den Händen tactirend und laut zählend, ab.) Eins, zwei, drei, vier, eins, zwei, drei, vier etc.

Achte Scene.

Der Graf und die Gräfin. Christoph (trägt das Frühstück nach.)

N⁰ 4. Recitativ.

Moderato.

Graf. **Recit.**

Hier in der

a tempo

Christoph.

Hal - le setz' das Frühstück nie-der. Zu Be - fehl, mein Herr

Graf! Ich komme spä-ter wieder. (ab.)

Graf. Sehen Sie, liebste Gräfin, auf diese Weise wird der Sinn für die Musik bei der Dienerschaft immer rege erhalten.
Gräfin. O liebster Graf, Sie schwärmten ja von jeher für die Tonkunst.
Graf. Von Jugend auf, allerdings! Wenn ich noch daran denke _ ha, ha, ha!_ wie ich Ihnen die Cour machte, und da manchmal des Nachts trotz Wind und Wetter mit der Laute unter Ihrem Fenster stand und die schmachtende Romanze aus der Oper sang_ wie heisst sie doch gleich?_
Gräfin. Ja, lieber Graf, Sie waren auch ein wahres Muster von Liebhaber!
Graf. Und wenn ich bedenke, wie lange das schon her ist!
Gräfin. So lange doch nun eben nicht.
Graf. Ich bin keiner von denen, die sich ihres Alters schämen.
Gräfin. O, ich wahrhaftig auch nicht. Mir kann kein Mensch vorwerfen, dass ich's nicht gern höre, wenn man von meinem Alter spricht.
Graf. Es war zwei Jahre vor dem siebenjährigen Kriege _
Gräfin (ihn unterbrechend.) Die Chocolade wird kalt.
Graf. Das war Anno 1754_
Gräfin. Wird die Oper morgen stattfinden?
Graf. Sie waren damals 16 Jahre alt_
Gräfin. Ich höre, der Tenor sei unwohl _
Graf. Also 54 von 94 _
Gräfin. Zerbrechen Sie sich doch den Kopf nicht.
Graf. Macht 40_ und 16_ macht sechs und_
Gräfin. Ah _ sehen Sie, dort kommt unsere Comtesse die Allee herauf. Haben Sie nicht Ihre Freude an dem lieben Kinde?
Graf. Das glaube ich, meine liebste Gemahlin! Sie sieht Ihnen ähnlich, wie ein Tropfen Wasser dem andern.
Gräfin. Und ich behaupte, dass sie Ihnen ähnlich sieht.
Graf. O, Sie sind zu gütig, meine liebste Gräfin.
Gräfin. In der That, wie aus den Augen geschnitten. Wie konnte es denn auch anders sein! Sie waren ja immer der einzige Gegenstand meiner Liebe.
Graf. O, das weiss ich.
Gräfin. In der That, was die eheliche Treue betrifft _ ich will mich eben nicht rühmen _ aber in unserm verdorbenen Zeitalter verdiene ich deswegen wohl ein wenig Bewunderung.
Graf. O, ich habe Sie deswegen auch immer bewundert, meine liebste Gräfin, und bewundere Sie noch.

Die Vorigen. Louise und Hannchen. (Louise küsst Beiden die Hände.)

Gräfin. Guten Morgen, du Ebenbild deines Vaters. Was das liebe Kind dem Manne entgegen wächst! Nun, nun, schlage die Augen nicht nieder, das ist unser allgemeines Schicksal. Weil ich einmal davon rede _ wann kommt denn der Comtesse bestimmter Bräutigam?
Graf. O weh, liebste Gräfin, das ist eine Saite, die Sie nicht hätten berühren sollen.
Gräfin. Warum denn nicht?
Graf. Weil sie ein wenig verstimmt ist. Denn gestern erhielt ich vom alten Baron Reinthal diesen Brief.(Liest.) „Ein unvorhergesehener und für mich äusserst verdriesslicher Fall verzögert die unter uns verabredete Verbindung deiner Tochter mit meinem Neffen. _ Der böse Bube!_ Vielleicht erfahre ich bald mehr.(Louise und Hannchen winken einander bedeutsam zu.) Auf jeden Fall sehen wir uns morgen. Das Weitere alsdann mündlich."
Gräfin. Nun, weiter!
Graf. Ja _ weiter steht nichts da.

Zehnte Scene.

Die Vorigen. Martin. Dann **Adolph und Johann.**

Martin(lachend.) Es sind ein paar närrische Kerle_ Künstler da, welche die Gnade haben wollen, Euer gräfliche Gnaden aufzuwarten. Sie sagen, sie wären ein paar reisende Sänger, sehen aber aus wie Puppenspieler oder Kummianten, und krähen thun sie wie ein paar Truthähne. (zeigt Hannchen heimlich Geld.)Jetzt weiss ich, was ich weiss!
Graf. Ein paar Sänger?
Hannchen. Die kämen wie gerufen!
*) **Graf**(singt recitativisch.) Ha, ein paar Sänger! sie sollen mir willkommen sein!
Martin(ebenso.) Darum spazieren Sie gefälligst nur herein.(Er lässt die Beiden eintreten und geht dann ab.)

(**Adolph** und **Johann,** sehr barock gekleidet, treten auf und machen sehr viele Verbeugungen.)

*) Recitativ (nicht von Lortzing componirt, aber auf den Bühnen gebräuchlich.)

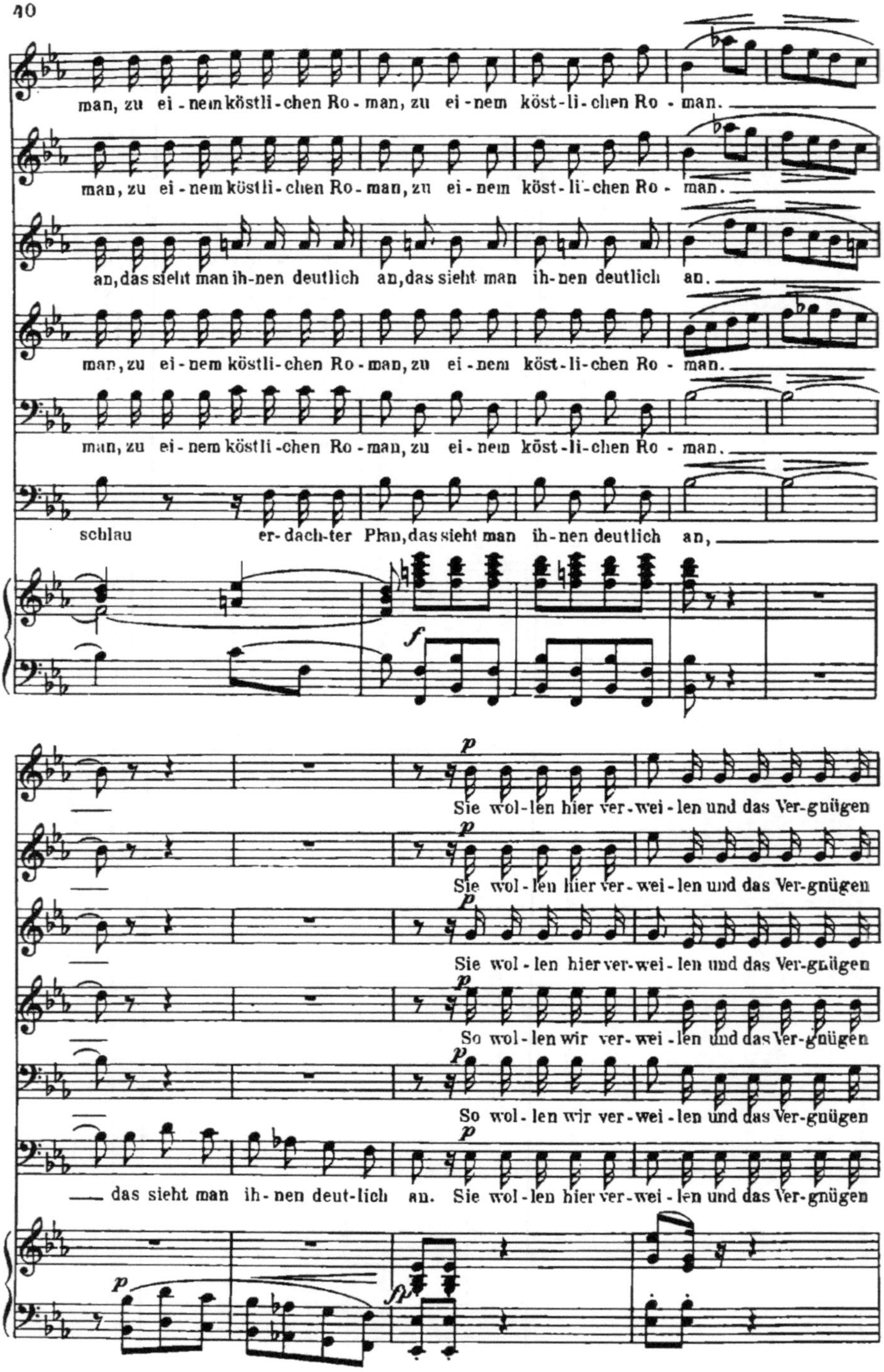
man, zu ei - nem köstli - chen Ro - man, zu ei - nem köst - li - chen Ro - man.
man, zu ei - nem köstli - chen Ro - man, zu ei - nem köst - li - chen Ro - man.
an, das sieht man ih - nen deutlich an, das sieht man ih - nen deutlich an.
man, zu ei - nem köstli - chen Ro - man, zu ei - nem köst - li - chen Ro - man.
man, zu ei - nem köstli - chen Ro - man, zu ei - nem köst - li - chen Ro - man.
schlau er - dach - ter Plan, das sieht man ih - nen deutlich an,
f
Sie wol - len hier ver - wei - len und das Ver - gnügen
Sie wol - len hier ver - wei - len und das Ver - gnügen
Sie wol - len hier ver - wei - len und das Ver - gnügen
So wol - len wir ver - wei - len und das Ver - gnügen
So wol - len wir ver - wei - len und das Ver - gnügen
das sieht man ih - nen deut - lich an. Sie wol - len hier ver - wei - len und das Ver - gnügen
p
fp

Graf (zu Adolph.) Also Sie wollen die Güte haben, unsere Oper zu unterstützen?
Adolph. Mit Vergnügen.
Graf. Zwar ist die Zeit etwas kurz, doch glaube ich, dass mit einer tüchtigen Probe —
Johann. Auch ohne Probe! Die Probe ist bei uns das Allerwenigste, denn wir lernen nur das auswendig, wonach man applaudirt wird, nämlich die Arietten und Duette, von Ensemblestücken ist gar keine Rede.
Graf. Was Sie mir sagen; so dürfte ich mir schmeicheln, dass auch Sie die Vorstellung verherrlichen würden?
Johann. Euer gräfliche Gnaden haben über mich zu befehlen, ich singe Alles, was vorkommt.
Graf. Sie singen, wenn ich recht gehört habe, die Bariton-Partien.
Johann. Das heisst: diese sind meine Force, ausserdem singe ich auch Tenor, Bass, Alt und Sopran-Partien.

Graf. Nicht möglich!
Johann. Ich habe einen Umfang von sieben und einer halben Octave in der Kehle; eigentlich sollten's achte werden, aber die letzte halbe hatte keinen Platz mehr.
Graf (zur Gräfin.) Der gute Künstler nimmt den Mund etwas voll.
Gräfin (zum Grafen.) Ich traue ihm nicht viel zu.
Graf. So wäre es denn wohl Zeit. — à propos, meine Herren — hier habe ich die Ehre (auf Hannchen deutend), Ihnen den Herrn Capellmeister vorzustellen. Wie wäre es, wenn Sie mittlerweile die Partien etwas einübten, da wir gesonnen sind, später eine Probe im Costüm zu halten.
Hannchen (auf Louise deutend, welche mit Adolph im Gespräch begriffen ist.) Das gnädige Fräulein giebt dem Herrn bereits einige Andeutungen.
Johann. Dürfte ich mir nicht gleichzeitig einige vom Herrn Capellmeister ausbitten?
Hannchen. Ich weiss ja noch gar nicht, welche Rolle Sie zu übernehmen willens sind?
Johann. Eine jede, die Sie mir zutheilen, wird mit Wonne übernommen, nur muss es kein unglücklicher Liebhaber sein.
Gräfin. Wie wäre es denn, wenn die Herren zuvor eine Probe ihres Talentes ablegten?
Graf. Sie haben Recht, liebste Gräfin. Da ist zum Beispiel gleich für den Tenor die schöne Arie, welche er der Prinzessin vorsingt: „Ob ich dich liebe u.s.w."
Louise (mit Beziehung.) Die Prinzessin glaubt nämlich nicht an seine Liebe.
Adolph. O, die Arie kenne ich; sie dürfte vielleicht eine andere Composition sein, die Worte sind aber gewiss dieselben.
Graf. So lassen Sie doch hören. (Er und die Gräfin setzen sich)
Johann. Schön, nachher producire ich mich.

N⁰ 6. Cavatine.

(Nach dem Gesang rufen Alle Bravo.)

Graf. Ein vortrefflicher Vortrag! Singen Sie auch die sogenannten Heldentenor-Partien?
Adolph. Allerdings! lieber aber die schmachtenden.
Johann. Was man in der Kunstsprache die „Fasanen-Prinzen" nennt.
Graf. O. ich war in meiner Jugend auch ein tüchtiger Sänger, sowie ich denn überhaupt für die Tonkunst schwärme, namentlich für die italienische Musik.
Johann. Die ist auch eigentlich das Wahre.

Graf. Denn wenn ich die Stelle höre: so weiss ich gleich, was kommt und brauche mir nicht erst den Kopf zu zerbrechen.
Gräfin. Wie wäre es denn nun mit dem andern Herrn?
Johann. Zu Befehl! Zwar bin ich nur gewohnt, bei doppeltem Orchester zu singen, indessen — ausnahmsweise — Herr College! er hört nicht, — Herr College!
Adolph (der wieder mit Louisen sprach.) Was giebt's?
Graf. Er ist zu sehr in seine Rolle vertieft.
Johann. Wie wür's, wenn wir das grosse Recitativ zum Besten gäben aus der neuen Oper — wie heisst sie doch gleich?
Adolph. „Der verkleidete Liebhaber!"
Johann Ja, richtig!
Hannchen und Louise (für sich.) Spitzbuben!
Johann. Also-die Ouverture lassen wir weg — Klinglingling! Der Vorhang geht auf, das Theater stellt eine unglückliche Waldgegend vor mit einer Mittelthür.
Adolph. Ich bin Don Adolphez, ein spanischer Edelmann.
Johann. Ich bin sein Bedienter, der gewöhnlich Pedrillo heisst.

N? 7. Recitativ.

Graf. Aber ist denn die Scene schon aus?
Johann. Es folgt eigentlich ein kurzes Recitativ, worin Pedrillo zu seinem Herrn folgende Worte zu sprechen hat: „Wenn man hört, wer Sie sind, wird man Sie erhören, drum lassen Sie uns jetzt a u f hören, sonst möchten die, die uns z u hören, m e h r hören, als sie vor der Hand hören sollen."
Graf. Aha! Das scheint mir ein sehr interessantes Sujet zu sein.
Adolph. Allerdings! Der gute Erfolg dieser Oper hängt übrigens weniger von der Musik ab als von der Darstellung.
Johann. Auch trägt eine gute Ausstattung sehr viel zum Gelingen bei.
Graf. Ja, die Ausstattung soll überhaupt bei den Opern heut zu Tage die Hauptsache ausmachen; nun, wir werden mehr davon hören. Jetzt aber wird es Zeit sein, die Partien zu studiren. Herr Capellmeister, führen Sie die Herren in das Probezimmer. Kommen Sie, liebste Gräfin, wir wollen unsere Morgenpromenade beenden. Meine Herren, auf Wiedersehn!
(Louise, Hannchen, Adolph und Johann wollen sich entfernen.) Halt! ich bitte mir das Wiedersehen musikalisch aus.

Johann. Mein schönes Kind — ich wollte sagen, Herr Capellmeister — darf ich mir eine Frage erlauben?
Hannchen. Warum nicht?
Johann. Ist es unumgänglich nothwendig, dass auch ich eine Partie übernehmen muss? Sehen Sie, Künstler haben Eigenheiten; ein Componist will Einem schwerer in den Kopf als ein anderer, daher fürchte ich —
Hannchen. Das kommt ganz auf Sie an. Wollen Sie mir nun auch eine Frage erlauben?
Johann. Mit Vergnügen!
Hannchen (ihn parodirend.) Ist es unumgänglich nothwendig, dass wir glauben müssen, Sie wären das, wofür Sie sich ausgeben?
Johann (nach kurzer Pause.) I verflucht! Ich habe geglaubt, wir hätten unsere Faxen so natürlich gemacht. — Was hilft das Leugnen? Sie werden mich nicht verrathen, liebenswürdige Tactschlägerin; deshalb gestehe ich, dass wir das nicht sind, wofür Sie uns halten.
Hannchen. Das wäre schlimm, wenn Sie das nicht wären, wofür wir Sie halten.
Johann. Wie so?
Hannchen. Wir halten Sie nämlich für einen Baron.
Johann (verbeugt sich.) Gehorsamer Diener.
Hannchen. Nein, Sie nicht, Ihren Herrn —
Johann. Ach so!
Hannchen. Und noch dazu für den Baron Reinthal.
Johann. Aber Mädchen, kannst du hexen?
Hannchen. Das nicht, aber — horchen!
Johann. Mithin wäre auch mein Stand entdeckt?
Hannchen (lachend.) Es scheint so.
Johann. Immerhin! Liebenswürdig bin ich mit und ohne Maske.
Hannchen. Sehr bescheiden!
Johann. Naturgabe! Und wenn es meinem Herrn gelänge, sich in diese Familie hinein zu musiciren, so würden Sie noch ganz andere Eigenschaften an mir wahrnehmen.
Hannchen. Da wär' ich doch begierig.

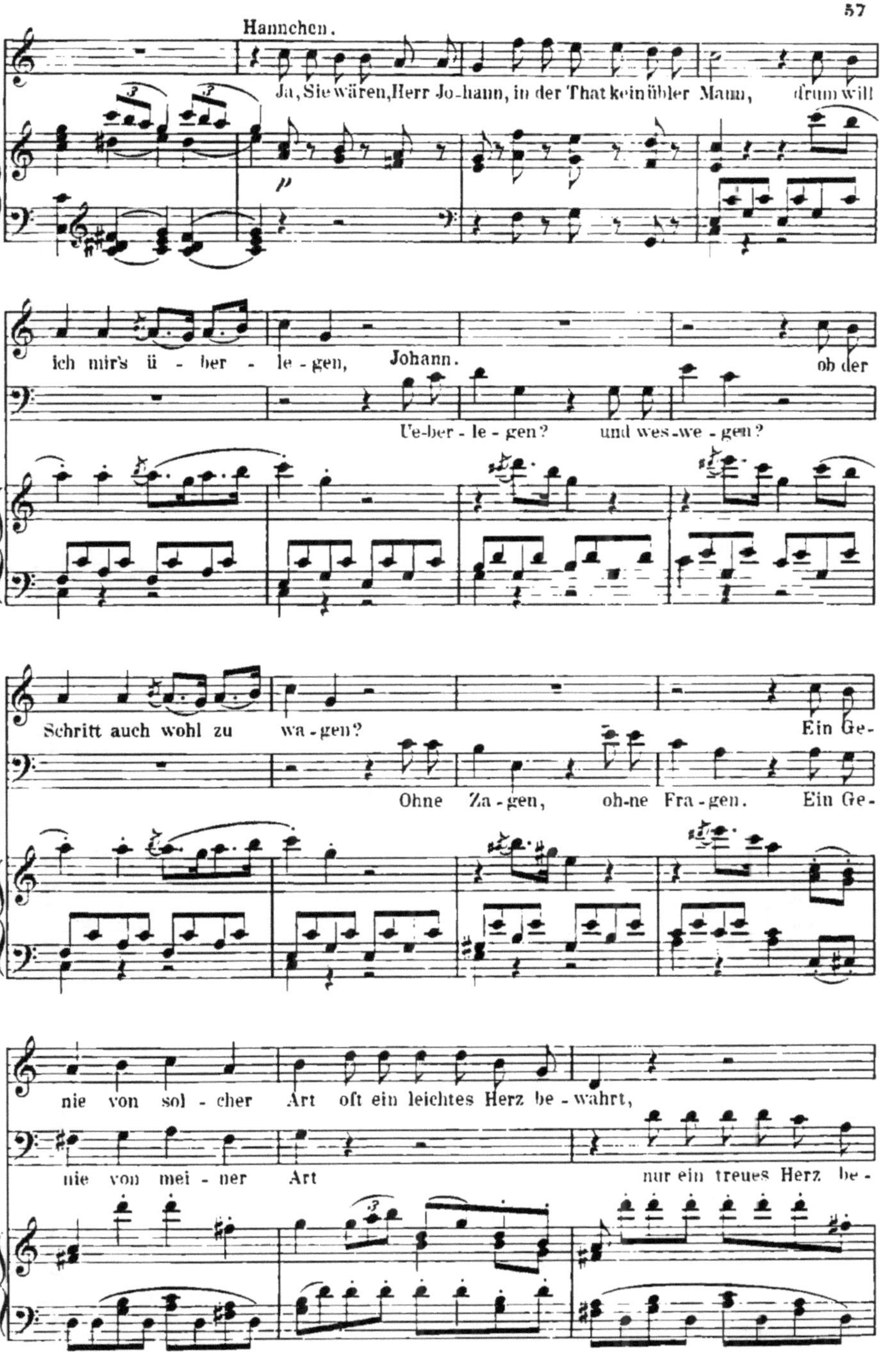
Hannchen.
Ja, Sie wären, Herr Jo-hann, in der That kein übler Mann, drum will
p
ich mir's ü - ber - le - gen, Johann.
ob der
Ue-ber - le - gen? und wes-we - gen?
Schritt auch wohl zu wa - gen?
Ein Ge-
Ohne Za - gen, oh-ne Fra - gen.
Ein Ge-
nie von sol - cher Art oft ein leichtes Herz be - wahrt,
nie von mei - ner Art
nur ein treues Herz be-

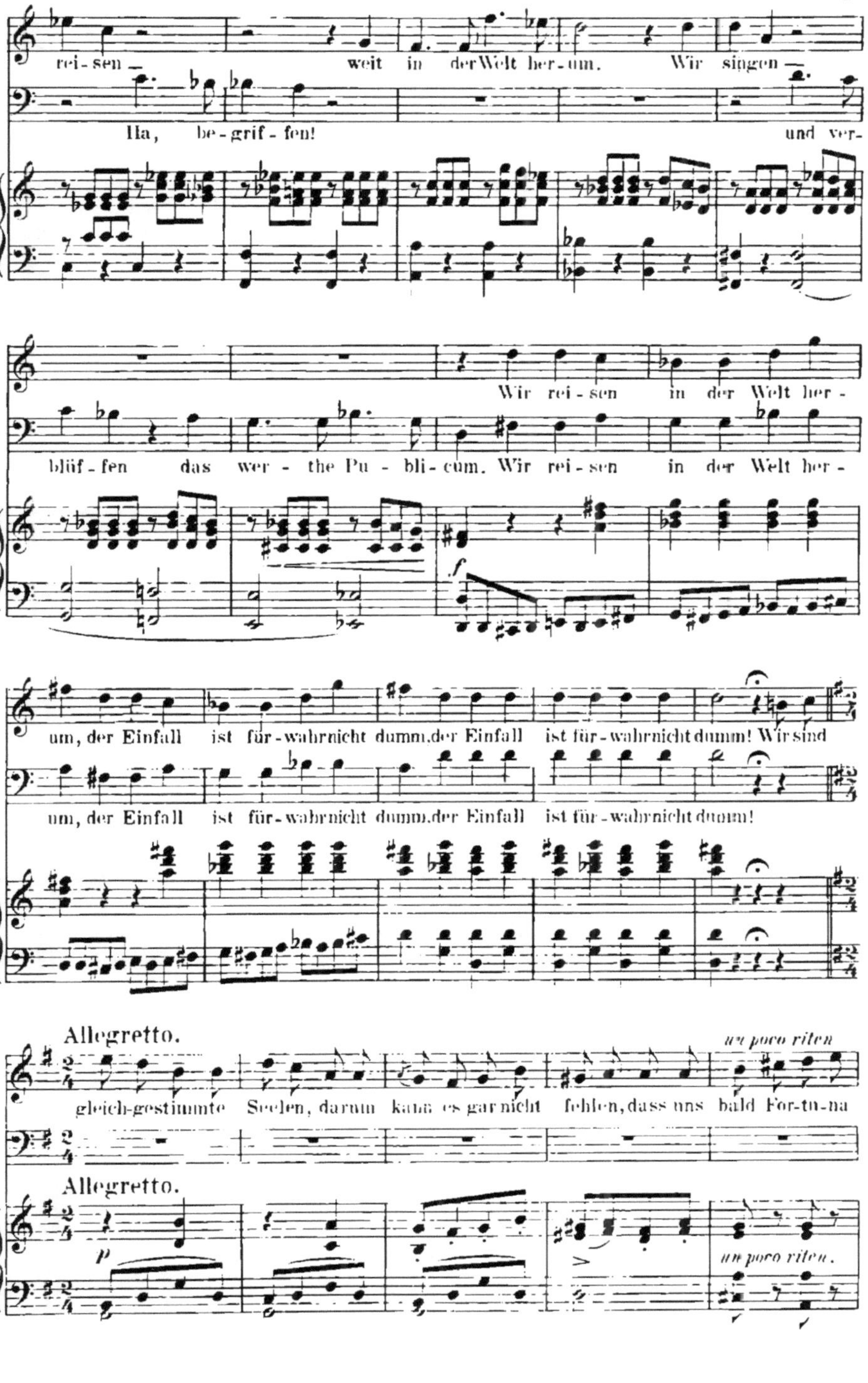
rei-sen weit in der Welt her-um. Wir singen
Ha, be-grif-fen! und ver-
blüf-fen das wer-the Pu-bli-cum. Wir rei-sen in der Welt her-
Wir rei-sen in der Welt her-
um, der Einfall ist für-wahr nicht dumm, der Einfall ist für-wahr nicht dumm! Wir sind
um, der Einfall ist für-wahr nicht dumm, der Einfall ist für-wahr nicht dumm!
Allegretto.
un poco riten
gleich-gestimmte Seelen, darum kann es gar nicht fehlen, dass uns bald For-tu-na
Allegretto.
p
un poco riten.

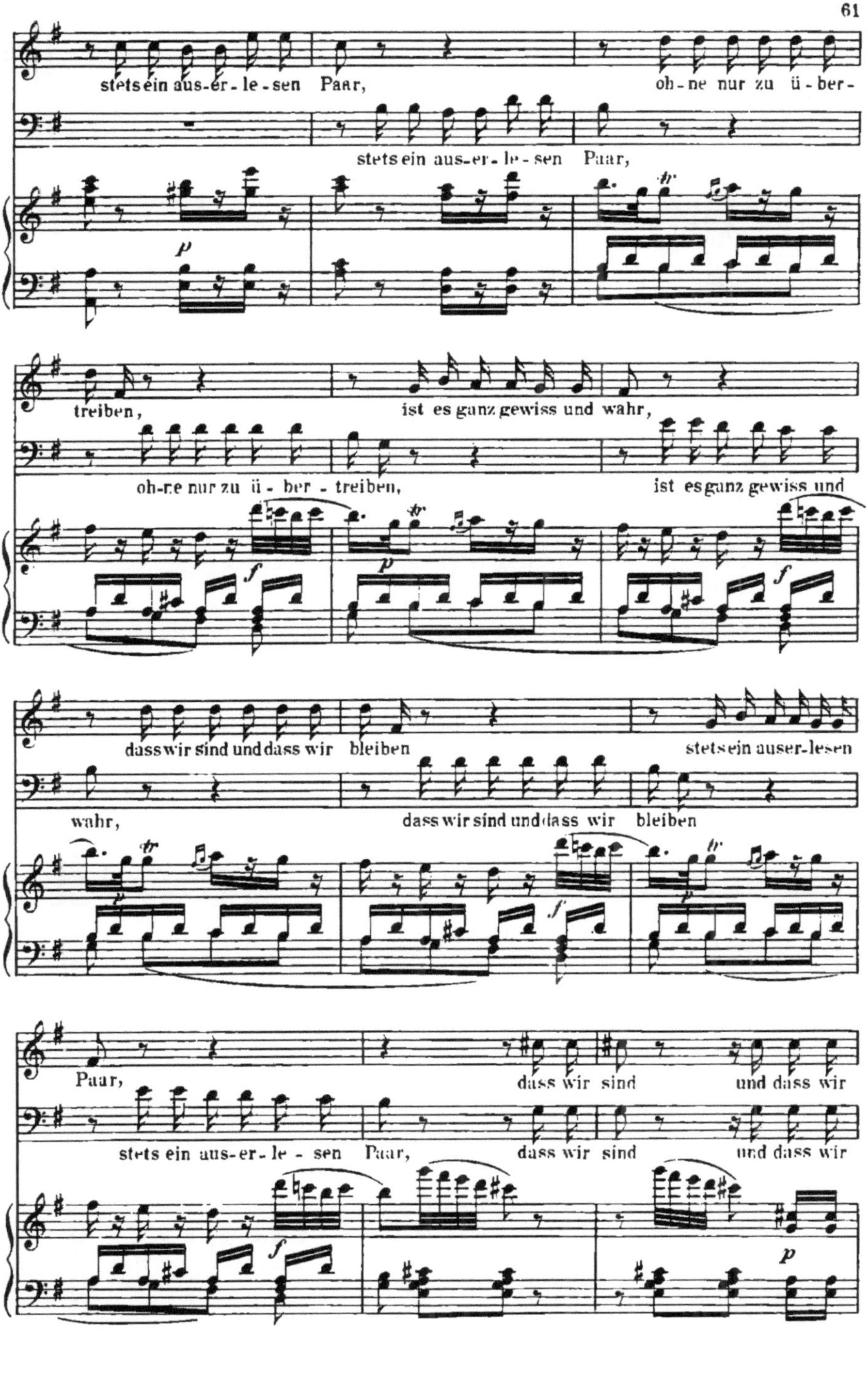
stets ein aus-er-le-sen Paar,
oh-ne nur zu ü-ber-
stets ein aus-er-le-sen Paar,
p
treiben,
ist es ganz gewiss und wahr,
oh-ne nur zu ü-ber-treiben,
ist es ganz gewiss und
tr
f
p
dass wir sind und dass wir bleiben
stets ein auser-lesen
wahr,
dass wir sind und dass wir bleiben
Paar,
dass wir sind
und dass wir
stets ein aus-er-le-sen Paar,
dass wir sind
und dass wir

Elfte Scene.

Die Vorigen, Dienerschaft (mit Notenpulten und Instrumenten, mehrere Personen im altdeutschen oder griechischen Costüm, etwas carrirt gekleidet.) Von der einen Seite Louise mit Adolph, von der andern später der Graf und die Gräfin.

N° 10. Finale.

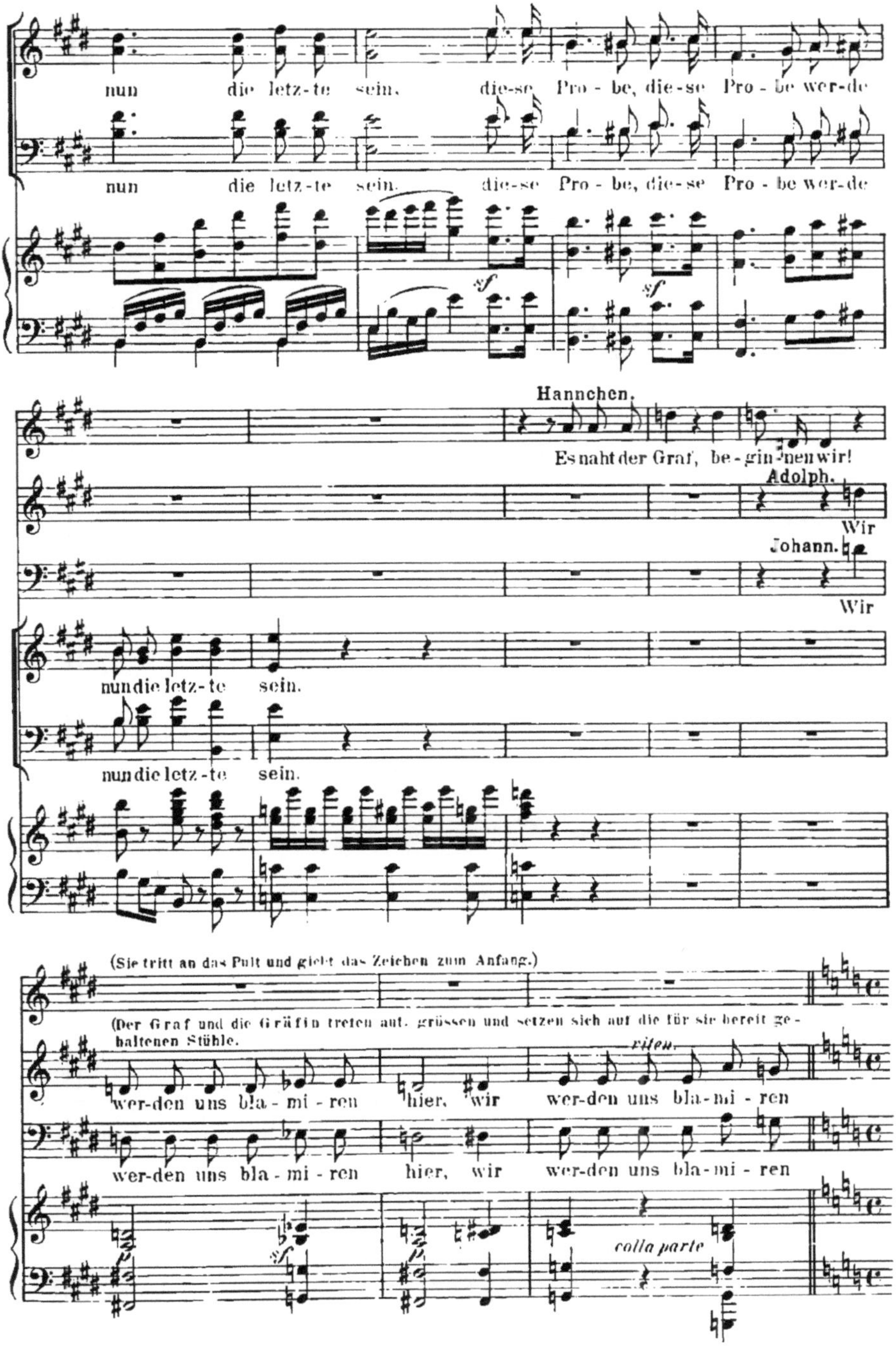
nun die letz-te sein. die-se Pro-be, die-se Pro-be wer-de
nun die letz-te sein. die-se Pro-be, die-se Pro-be wer-de
sf
sf
Hannchen.
Es naht der Graf, be-gin-nen wir!
Adolph.
Wir
Johann.
Wir
nun die letz-te sein.
nun die letz-te sein.
(Sie tritt an das Pult und giebt das Zeichen zum Anfang.)
(Der Graf und die Gräfin treten auf, grüssen und setzen sich auf die für sie bereit gehaltenen Stühle.
riten.
wer-den uns bla-mi-ren hier, wir wer-den uns bla-mi-ren
wer-den uns bla-mi-ren hier, wir wer-den uns bla-mi-ren
p
sf
p
colla parte

Zwölfte Scene.
Baron von Reinthal der Ältere (tritt plötzlich auf.) Die Vorigen.

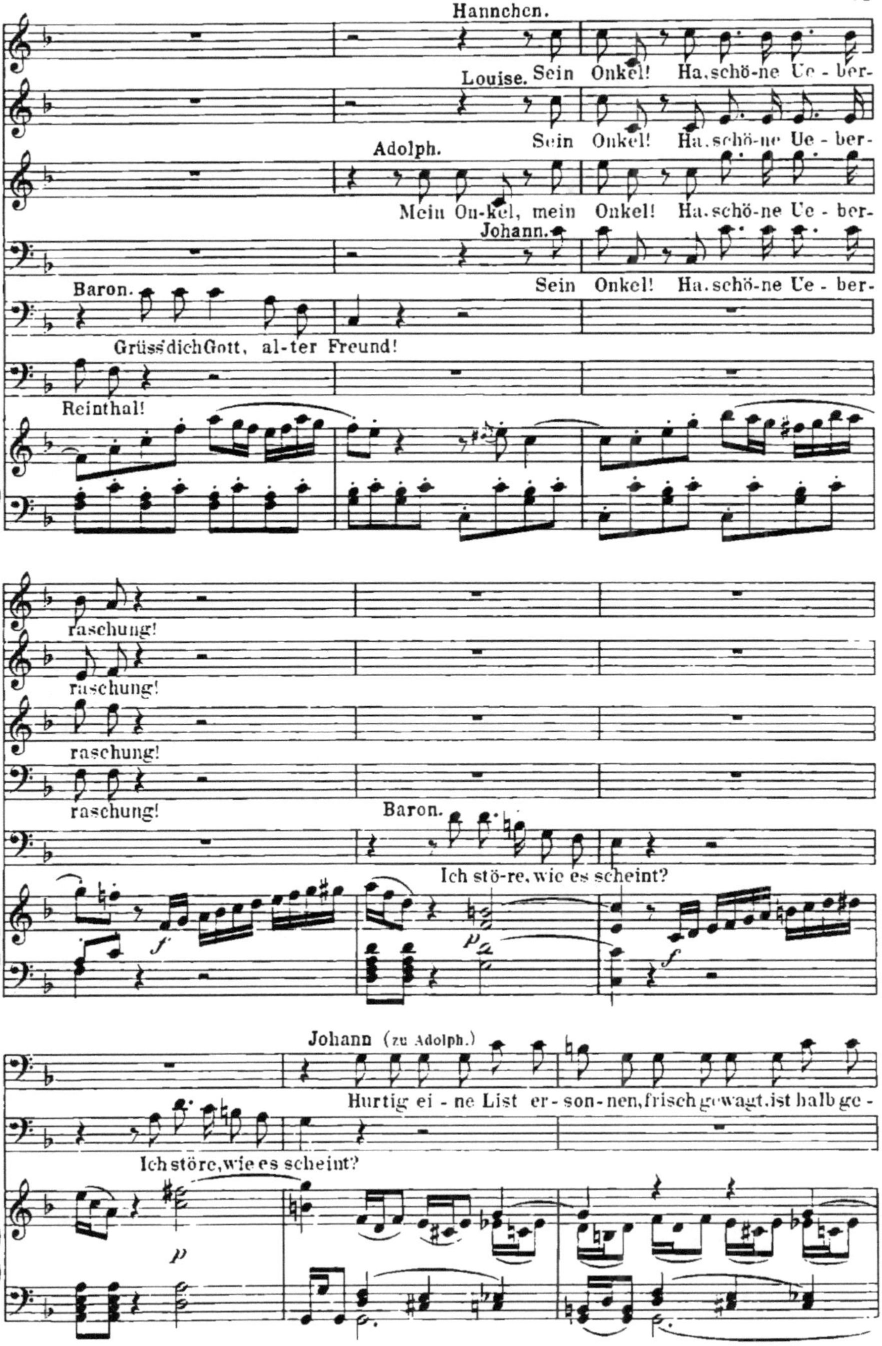

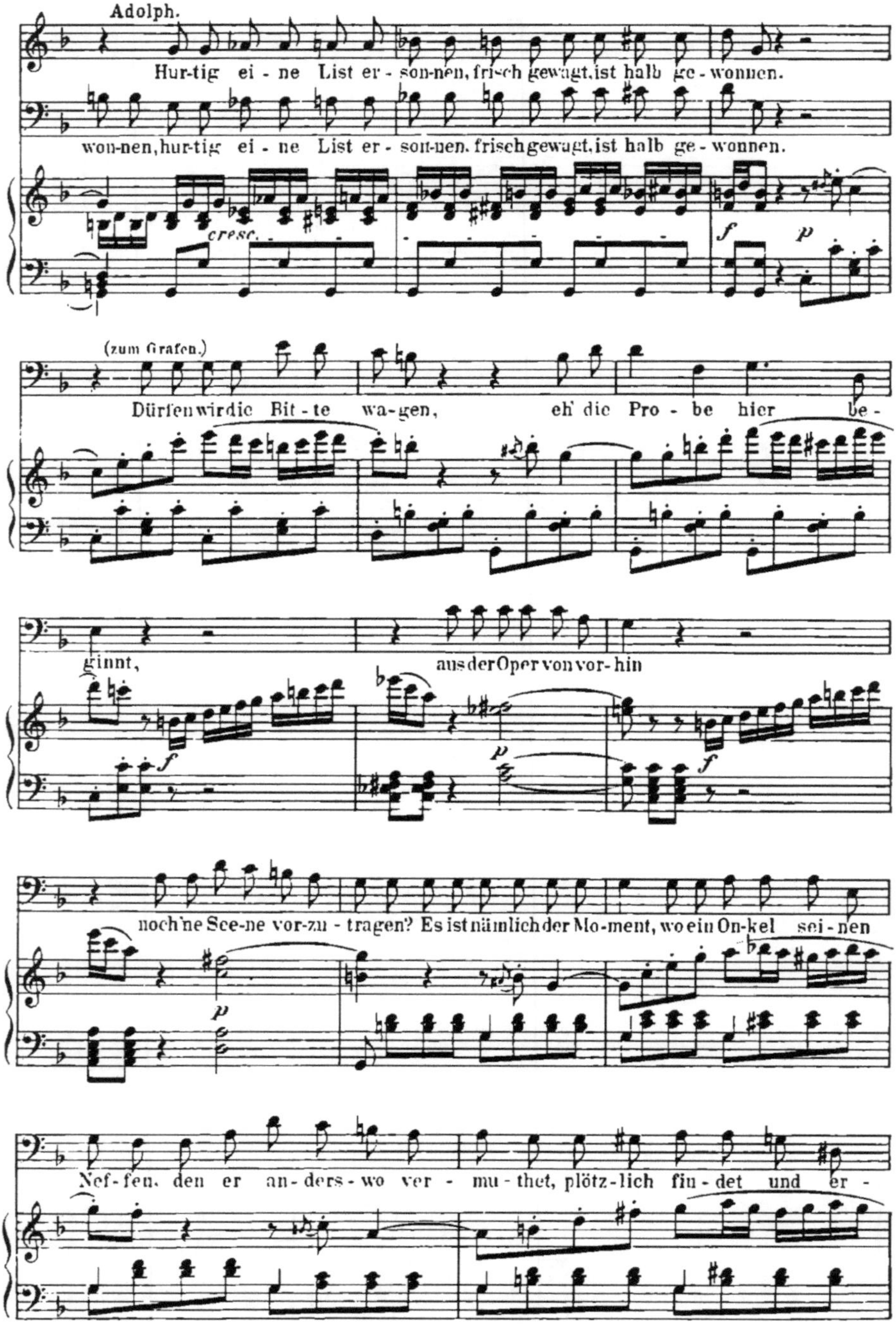
Adolph.
Hur-tig ei - ne List er - son-nen, frisch gewagt, ist halb ge - wonnen.
won-nen, hur-tig ei - ne List er - son-nen, frisch gewagt, ist halb ge - wonnen.
cresc.
f p
(zum Grafen.)
Dürfen wir die Bit - te wa - gen, eh' die Pro - be hier be -
ginnt, aus der Oper von vor - hin
f p f
noch 'ne Sce - ne vor - zu - tragen? Es ist nämlich der Mo - ment, wo ein On - kel sei - nen
p
Nef - fen, den er an - ders - wo ver - mu - thet, plötz - lich fin - det und er -

kennt. **Graf.** Al - so dür - fen wir es

Ach, die Scene muss er - greifend, muss unendlich rührend sein.

Allegro.
Adolph (wirft sich sei-
Theu - rer Onkel!

wagen? (setzt sich nieder.)
Ei, es wird uns sehr er - freu'n.
Allegro.

nem Onkel zu Füssen.)
Ver - zei - ung! **Baron** (der bis dahin mit den Damen sprach, wendet sich
Was, Schlingel? wo kommst du her, wo kommst du

erstaunt um.)
her, wo kommst du her? **Graf** (zur Gräfin)
Nun will der auch mit - sin - - gen, nun will der